DER AUTOR

Peter F. Vogel (PEVO) wurde 1960 in Bachhausen / Oberbayern geboren und wohnt in Herrsching am Ammersee. Hauptberuflich arbeitet er als Kämmerer (Leiter der Finanzverwaltung) der Gemeinde Planegg. Darüber hinaus ist er freischaffender Künstler, Maler, Illustrator, Poet und Buchautor.

PETER F. VOGEL

PEVO

Der standhafte Türversteher und der Stubenhocker

EINE UNMÖGLICHE GESCHICHTE

Das Buch für Lesemuffel

FSC
www.fsc.org
MIX
Papier aus verantwortungsvollen Quellen
Paper from responsible sources
FSC® C105338

IMPRESSUM

September 2015

www.pevo-ist-kunst.de

Titelbild: Valentin Vogel
Layout und Satz: Tanja Renz, Herrsching am Ammersee
Grußwort: Florian Hendlmeier

ISBN: 978-3-7386-4475-3
Herstellung und Verlag: BoD - Books on Demand, Norderstedt

Weitere Veröffentlichungen von PEVO:

„Die fabelhafte Geschichte von König Rüssel I."
Märchen für Jugendliche und Erwachsene
Eulennestverlag, Landsberg (2012)

„Ich bin ein Pelikan"
KUNST UND POESIE von Erika Kiechle-Klemt & PEVO
Verlag Lutz Garnies, Haar/München (2013)

„Planetenjodler"
Himmlische Mission in München
BoD – Books on Demand, Norderstedt (2015)

INHALT

VORWORT

„Der standhafte Türversteher und der Stubenhocker – Eine unmögliche Geschichte“ ist entstanden nach einem Sommerfest mit hervorragendem Fassbier. Noch in derselben sternenklaren Nacht (es könnte auch eine wolkenverhangene regnerische gewesen sein, aber das ist im Grunde für dieses Vorwort ohnehin nicht weiter von Belang), habe ich den kompletten Text des Buches fertig geschrieben. Die Worte und Buchstaben sind nur so aus mir herausgeflossen. Es ist immer gut, solche Sachen spontan anzugehen, und nicht zu warten, bis sich die Ins-Bier-ration verflüchtigt hat.

Dieses Buch ist ein Glücksfall für alle Lesemuffel, die ganz bestimmt ihre Freude daran haben werden. Schließlich bekommt man ein literarisches Werk, das mit so wenigen Wörtern auskommt, nicht alle Tage in die Finger.

Übrigens gibt es auch von Ernest Hemingway eine Kurzgeschichte, die nur aus einem einzigen Satz besteht. Sie ist aber nicht aus einer Bierlaune heraus, sondern bei einem alten Whisky in irgendeiner Spelunke im Herzen von Key West entstanden. Die Geschichte hat folgenden Text: „For sale: baby shoes, never worn“, was auf deutsch heißt: „Zu verkaufen: Baby-Schuhe, ungetragen“. Hemingway hat es also geschafft mit sechs Worten eine Geschichte zu erzählen und so ist „For sale: baby shoes, never worn“ eine der kürzesten Geschichten der Welt, auch wenn sie nie als Buch erhältlich war.

Meine neue Geschichte „Der standhafte Türversteher und der Stubenhocker“, kommt mit nur fünf Worten aus! Der Titel zählt dabei natürlich nicht mit, sondern nur der Textteil. Im Gegensatz zu „For sale: baby shoes, never worn“ gibt es „Der standhafte Türversteher und der Stubenhocker“ tatsächlich als gedrucktes Buch in einer ansprechenden Hardcover-Version mit Fadenbindung.

Dieses pevoeske Werk eignet sich besonders gut als Lektüre für Kurzurlaube.

Was für ein großer Wurf, freute ich mich in meinem Schreibrausch. Allerdings muss ich zugeben, dass die anfängliche Euphorie am Morgen danach erheblichen Zweifeln gewichen ist. Es erwachte ein kleines Ungetüm, eine Art nüchterne Selbstkritik, die sich mehr und mehr in meinem Brummschädel ausbreitete.

Der Autor

VORWORT ZUM GRUSSWORT UND ZUM NACHWORT ZUM GRUSSWORT EINES FREUNDES

Es gibt einen Freund in meiner direkten Nachbarschaft, der mich versteht. Das finde ich ganz famos, denn immer wenn ich verstanden werden will, gehe ich mal zu ihm rüber, ebenfalls wenn ich meinerseits das Bedürfnis verspüre, jemanden zu verstehen. Für das Gelingen einer Freundschaft und um eines Freundes Freund zu sein, ist es ganz entscheidend, dass man sich versteht. Bei diesem Freund habe ich manchmal den Eindruck, er versteht sogar die Gedanken, die ich noch gar nicht gedacht habe, aber vielleicht irgendwann einmal denken möchte.

Daher lag es auf der Hand, meinen Freund Florian als Wortgrüßer für das Buch „Der standhafte Türversteher und der Stubenhocker“ zu gewinnen. Es ist sicher keine Übertreibung, wenn ich behaupte, des Freundes Grußwort ist nicht nur großartig formuliert und ein sprachlicher Leckerbissen für sich, sondern darüber hinaus von einem tiefen Verständnis geprägt. Liebe Leserinnen und Leser, der Wortgrüßer hat es sich nicht nehmen lassen und auch noch ein Nachwort zum Grußwort verfasst. Toll, toll, toll und ein großes BRAVO, lieber Florian.

Der Autor

GRUSSWORT EINES FREUNDES

Gruß. (Ein Wort)

Florian (Freund)

NACHWORT ZUM GRUSSWORT

Eine so intelligente und kurze Kurzgeschichte sollte sich nicht mit langen Grußworten aufhalten müssen. PEVO hat mit diesem Buch, in ansprechender Hardcover-Version mit Fadenbindung, mal wieder Geschichte geschrieben. Denn jeder weiß, die Verlockung, den Leser mit in-die-Unendlichkeit-aufgeblähten-Wortphrasenspielen noch länger an die selbst produzierten, verschachtelten Nebensätze zu binden, ist groß. Deshalb ziehe ich auch meinen Hut vor diesem ambitionierten Projekt von PEVO. Wobei er es eigentlich ist, der immer einen Hut trägt. Aber den kann ich ja nicht ziehen. Jedoch hat er so viele Hüte, dass er mir einen leihen könnte, den ich dann ziehen würde. Manche seiner Hüte stehen mir allerdings überhaupt nicht und in modischen Fragen sind wir nicht zwingend einer Meinung. In Bezug auf Kurzgeschichten, gehen wir aber d'accord.

D'accord ist übrigens eines dieser wunderschönen eingebairischten französischen Wörter. Genauso wie vis à vis (gegenüber) und oide Schäsn (alter Stuhl /

klapprige Frau). Da hat der Glanz des französischen Sonnenkönigs Ludwig XIV. (1638-1715) bis nach München gestrahlt.

Aber nun zurück zur Kurzgeschichte:
Es ist schon große Kunst eine unmögliche Geschichte in dieser Komplexität so eindringlich und auf den Punkt zulaufend zu schreiben. Der Punkt ist dann gleichzeitig End- und Höhe-. (Punkt).

Ich wünsche dem geneigten Leser, der auch das Augenmerk auf diese kleinen Details richten möge, viel Spaß mit dieser wahrscheinlich kürzesten Geschichte der Geschichte.

Florian (Freund)

DER STANDHAFTE TÜRVERSTEHER UND DER STUBENHOCKER

EINE UNMÖGLICHE GESCHICHTE

Sie haben sich nie getroffen.

EPILOG - SELBSTKRITISCHE BETRACHTUNGSWEISEN

(DIE NÜCHTERNE SELBSTKRITIK)

Der Autor steht in seiner stoischen, unverbesserlichen, verschrobenen Wesensart auf dem Standpunkt, dass er nun mal ein Dichter sei und die Aufgabe eines Dichters wäre es eben, Texte zu verdichten, bis zu ihrem Wesenskern zu reduzieren. Selbst die Geschichte von der Maus wäre zu lang, will uns der Autor weismachen, denn sie besteht aus zwei ganzen Sätzen. Für all jene, welche diese Geschichte nicht mehr in Erinnerung haben, sei sie hier wiedergegeben: „Das ist die Geschichte von der Maus. Die Geschichte ist nun aus."

Seine Haltung, er wolle sich von der Schar der Romanschreiber abgrenzen, die mit möglichst umständlichen Schachtelsätzen auf 500 langen Seiten und mehr die Leserschaft nur quälen würden, um damit das bedürftige Autorenego zu befriedigen, teilt die NÜCHTERNE SELBSTKRITIK nicht. Vielmehr dürfte es sich bei diesem Autor um einen ausgemachten Faulpelz und Literaturbanausen handeln, der keinen Sinn für niveauvolles Schreiben hat, meint die NÜCHTERNE SELBSTKRITIK.

Anyway, sagt der Autor nur und bezieht sich stur auf Hemingway, auf „For sale: baby shoes, never worn". Der NÜCHTERNEN SELBSTKRITIK geht dieses pseudo-selbstsichere, rechthaberische Getue ganz schön auf den Keks. Dieser Autor flüchtet sich doch nur in eine Scheinwelt und legt eine bedenkliche Haltung von Realitätsverweigerung an den Tag. Er jedoch argumentiert mit dem freien Autorenrecht, das als höchstes Gut über allem stehen würde. Den Leserinnen und Lesern könne man schließlich so viel Phantasie zutrauen, dass sie in der Lage wären, die Geschichte im eigenen Geiste weiterzuspinnen, meint er. Die NÜCHTERNE SELBSTKRITIK empfindet ein solches Gerede als pure Farce. Den Freunden anspruchsvoller Literatur dürfte er damit jedenfalls nicht gerecht werden.

Es handelt sich wohl um einen schlechten Witz, wenn der Titel samt Untertitel mit neun Wörtern beziehungsweise 67 Buchstaben deutlich länger ist, als der eigentliche Text, der lächerliche fünf Wörter und 24 Buchstaben aufweist.

Als Begründung für diesen schriftstellerischen Fauxpas schiebt der Autor vor, sein Werk würde sich in unserer dem Lesen mehr und mehr abgeneigten Fernseh-, Computer-, Internetbildchen- und App- Gesellschaft ausgezeichnet als Geschenkbuch eignen. So würden die mit der unmöglichen Geschichte vom standhaften Türversteher und dem Stubenhocker Beschenkten auf Nachfrage des Buchschenkers, ob ihnen denn das Buch gefallen hätte, nicht in Verlegenheit kommen. In die Verlegenheit, es nicht gelesen zu haben. Die Geschichte vom standhaften Türversteher und dem Stubenhocker ist in wenigen Sekunden komplett durchgelesen und daher dürften selbst gestresste 80 Wochenstunden Hochleistungsträger, Workaholics und Businessjunkies bald eine schmale Zeitnische gefunden und das Buch gelesen haben. Sie müssten sich auch nicht damit abmühen, einen mit belanglosen, abgedroschenen Lückenfüllern aufgeblähten Schinken zumindest quer zu lesen.

Für diese Aussage sollte sich der Autor schämen, und die NÜCHTERNE SELBSTKRITIK fordert ihn auf, es zu unterlassen, einen solchen Quatsch zu verbreiten. Ein Querlesen ist bei seiner lachhaft kurzen Kurzgeschichte mit fünf Wörtern ja wohl schwerlich machbar. Sollten die Querleser etwa nur die Wörter eins und fünf lesen, oder gerade diese weglassen, um sich auf die mittleren drei Wörter zu beschränken?

Was hätte man aus dieser Geschichte alles rausholen können. Sie hätte sich zu einem fesselnden Kriminalroman mit Lokalbezug im Türverstehermilieu entwickeln können. Einen schönen Gedanken hätte es die NÜCHTERNE SELBSTKRITIK auch gefunden, die zwei Protagonisten, den standhaften Türversteher und den Stubenhocker, parallel zu beschreiben und den Fokus immer wieder zwischen ihnen hin und her schweifen zu lassen.

Wie wunderbar wäre es gewesen, die Story in der Vergangenheit zu beginnen, in der Kindheit der beiden Figuren, um das geneigte Lesepublikum behutsam auf die unterschiedlichen Charaktere hinzuführen. Wäre es denn so abwegig gewesen, dass der standhafte Türversteher und der Stubenhocker in ihrer Schulzeit dieselbe Klasse besucht hatten. Schon wäre ein Bezug der beiden zueinander hergestellt gewesen. Die NÜCHTERNE SELBSTKRITIK stellt es sich köstlich vor, wie der damals noch schmächtige, etwas verstockt wirkende Türversteher in der Ecke stehen musste, in der Ecke gleich links von der Klassenzimmertüre, während der Stubenhocker brav die Schulbank drückte und selbst zuhause noch stundenlang eifrig über seinen Hausaufgaben und Selbststudien brütete.

Man hätte eine grandiose Brücke schlagen können zwischen dem Jetzt und der seinerzeitigen Situation, als der Türversteher aus seiner Not eine Tugend gemacht und sich beim Stehen in der Ecke die Schlüsselqualifikation für seine spätere berufliche Laufbahn erworben hatte.

Kritisiert werden muss auf alle Fälle, dass diese unbedeutende, belanglose und geistige Schmalspurgeschichte weder über eine Einleitung, noch über einen Hauptteil und schon gleich gar keinen Schluss verfügt. Nicht zuletzt hat es der Autor versäumt, einen Spannungsbogen aufzubauen. Der Autor selbst sieht im Wort „getroffen" ein ausreichendes Spannungspotenzial vorliegen. Er hat nach eigenem Bekunden versucht, die Geschichte mit den ersten vier Wörtern langsam aufzubauen, das Interesse der Leserinnen und Leser mehr und mehr zu wecken, sie förmlich in die Story hineinzuziehen, in ihren Bann zu ziehen, bevor die Geschichte unmittelbar nach dem Höhepunkt, nach dem Wort „getroffen" schlagartig zu Ende ist. Das fünfte Wort „getroffen" hält er für eines der Wichtigsten der ganzen Geschichte. Schließlich würde doch jeder Mensch etwas Anderes mit dem Wort „getroffen" assoziieren. Während die einen zwanglose Zusammenkünfte herauslesen, interpretieren es andere als ein getroffen sein, durch einen Schuss oder Schlagring beispielsweise oder durch ein unbedachtes, vielleicht gar ein boshaftes Wort.

Die NÜCHTERNE SELBSTKRITIK möchte in ihrer langen Liste der Kritikpunkte auch darauf hinweisen, dass es der Autor nicht für nötig gehalten hat, den Darstellern Namen zu geben. Damit schafft er eine Distanz zu seinen Figuren, die er im Verlauf der Geschichte nicht mehr aufzulösen vermag. Dabei wäre es so einfach gewesen, für die beiden Hauptpersonen ansprechende Namen zu finden. Der standhafte Türversteher hätte doch ohne weiteres El Prazzo heißen können, während für den Stubenhocker Justus Ernesto Herrmann gut gepasst hätte. Schade, schade, schade, denn auch diese Chance hat der Autor allzu leichtfertig vertan.

Stattdessen hat er über seine mickrige Story „Drehbuch" geschrieben und das Skript an die Hollywood Film Production Company geschickt. Er möchte erreichen, dass seine Geschichte vom standhaften Türversteher und dem Stubenhocker als kürzester Kurzfilm aller Zeiten in den Kinos läuft. Die Länge des Films würde dem Publikum gerade einmal ausreichen, um kurz am Bier zu nippen und ein einzelnes Popcorn zu naschen. Der Film sollte nach den Vorstellungen des Autors in 27 Sprachen übersetzt, weltweit in den Lichtspielhäusern laufen. Zumindest wäre der Übersetzungs- und Synchronisierungsaufwand nicht allzu groß. Nun mal Spaß bei Seite, Verzeihung, mal ganz ehrlich, dieser Autor scheint wohl mit dem Klammerbeutel gepudert zu sein.

Die Tatsache, dass die Buchkritik um ein vielfaches länger ausfällt, als der Text des Buches, sagt ja wohl einiges über die Qualität der Geschichte aus. Ganz zu schweigen von der Quantität. Der Autor wehrt sich gegen diesen Vorwurf und ist der Meinung, in der Kürze liegt die Würze, und eine schlankere Kritik hätte es schließlich und endlich auch getan. Er schlägt sogar vor, die Buchkritik auf ein Wort zu reduzieren, nämlich auf das Adjektiv „genial".

Was jedoch das ohnehin schon gut gefüllte Kritikerfass zum Überlaufen bringt, ist die irrwitzige Idee des Autors, die unmögliche Geschichte vom standhaften Türversteher und dem Stubenhocker als Hardcover-Version mit Fadenbindung auf den Markt zu bringen. Die NÜCHTERNE SELBSTKRITIK betrachtet es als grotesk, eine derart minimalistische Geschichte, auf diese Weise zu veröffentlichen. Ein DIN A5 Blatt im Schnellhefter hätte allemal ausgereicht. Jeder halbwegs vernünftige Mensch wird einsehen, dass solch ein Humbug nur einem Tölpel, Narren oder Einfaltspinsel in den Sinn kommen kann.

Um jedoch einer sachlichen Buchbesprechung gerecht zu werden, sei abschließend erwähnt, dass die NÜCHTERNE SELBSTKRITIK alles in allem keine andere Möglichkeit sieht, als dem Buch „Der standhafte Türversteher und der Stubenhocker – Eine unmögliche Geschichte", aufgrund der geschilderten, gravierenden handwerklichen Mängel sowie der

Verletzung von fast allen Regeln der Schreibkunst die Note ungenügend zu bescheinigen. Eine Leseempfehlung kann die NÜCHTERNE SELBSTKRITIK auf gar keinen Fall aussprechen. Im Gegenteil, Eltern von schulpflichtigen Kindern werden ausdrücklich davor gewarnt, ihre Kinder die Geschichte vom standhaften Türversteher und dem Stubenhocker lesen zu lassen.

Autor – setzen – Note 6!
Stubenhocker – bitte aufstehen!
Standhafter Türversteher – magst du dich endlich mal hinlegen?

Die NÜCHTERNE SELBSTKRITIK

DANKSAGUNG

Ich danke meiner Mama, meinem Daddy und dem süffigen Fassbier, dass sie mich allesamt in meiner Kreativität unterstützt haben.

Der Autor

RAUM FÜR NOTIZEN UND FORTSCHWEIFENDE GEDANKEN